내가
안 했어요.

내가 안 했어요 5

민형 글 _ 김준석 그림

FILE.43

경찰…?

까득

왔더..

까득

갔더..

경찰이라고…?

맞아!

거! 마! 괜히 생사람 잡지 말고 현장에 현수막 걸어 목격자 찾고, 뺑소니범 수배해야지.

어쩐지 거기서도 너무 편들더라 했더니만.

들썩

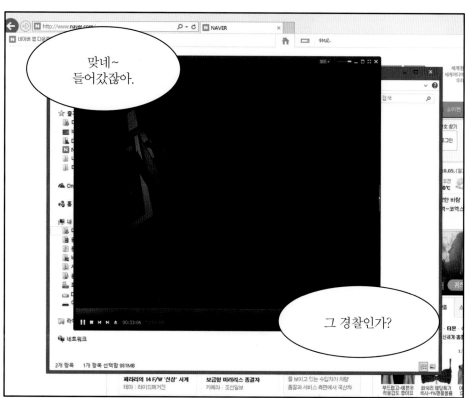

… 나온다…!

생각보다
금방 나왔잖아…?

거의 바로
나온 것 같은데…?

음?
근데… 잠깐…

저건 뭘 가지고
나온 거지…?

아까 들어갈 땐
손에 아무것도
없었지?

저게 뭐…

아아앗!!

내가 이러고
있을 때가 아니지!

간다!

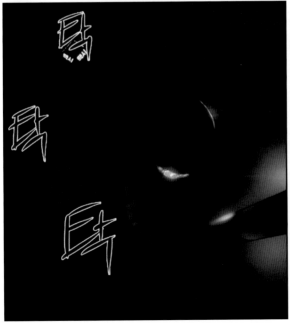

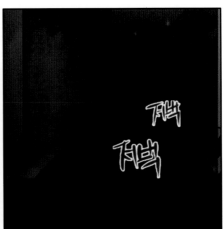

들어간다…!

저 집은 뭐지…?

텅-

뭐하러 간 거고…?

수상한 점이 한두 가지가 아닌데?

밤늦게 퇴근해서 왜 뭔가를 잔뜩 들고 저기로 가는 거지?

이잇! 그것보다…!

휘덕

생각을 먼저 좀… 정리해보자.

것보다 왜 멀쩡한 자기 차 냅두고 택시를 타고 여기까지 온 걸까…?

앗, 설마?

그래!

아까 그 경찰이
내가 뺑소니 신고를 해서
전화해봤다고 했었지?

그렇담 그 경찰 입장에선
신분발로 어떻게 모면하긴 했는데
엄청 빨리 뺑소니범으로
지목당한 셈이잖아…

불안해진 거야…

사람인 이상
후달리는 감정이
안 들 수 없겠지?

혹시나 하는 마음이
들게 된 거고…

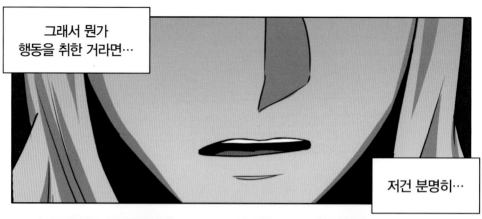

그래서 뭔가
행동을 취한 거라면…

저건 분명히…

혜연이 너가
나 좋아하는 맘은
잘 알겠는데

솔직히 니 고백은
내가 받아주기가 어렵겠다.

그르케 빌어도
소용없어~
오빠 비싼 남자라…

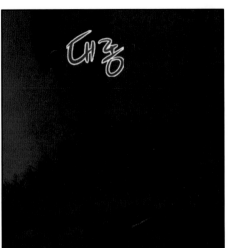

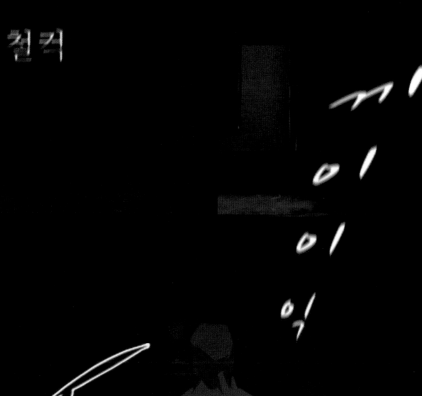

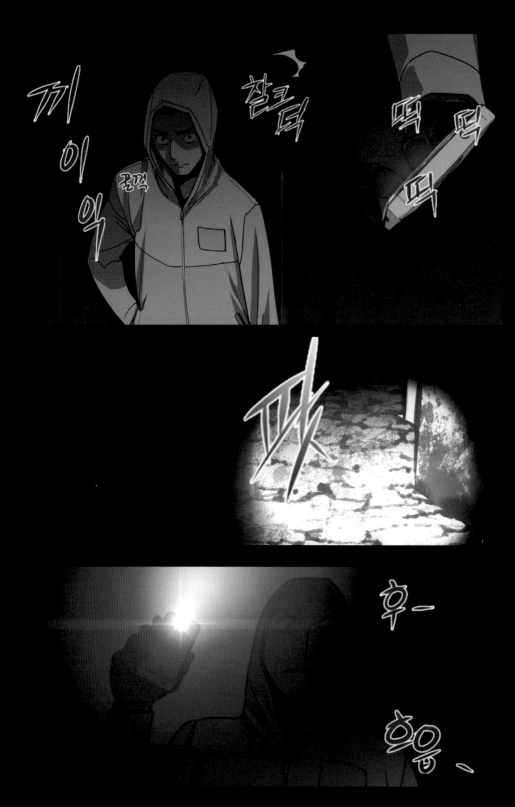

충분히 멀리 간 걸
확인했다.

뚜벅

뚜벅

휴대폰은
무음모드로 해놨고,

만약을 위한 대비도 해놨어.

뚜벅

괜찮아.

뚜벅

뭘 갖다놨는지 확인만 하고
재빨리 나가면…

아무 문제 없을 거야.

철컥

끼이이익

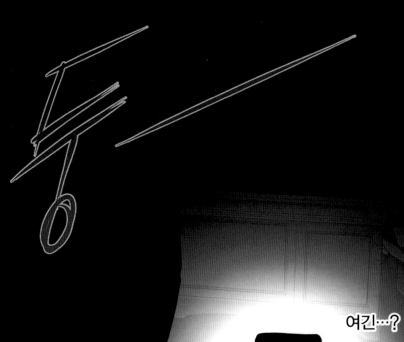

툭

여긴···?

이 방은… 뭐지?

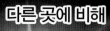
다른 곳에 비해

훨씬 깔끔한
느낌이다.

최근까지
누가 있었던 걸까…?

…?

박스…?

앗…!! 이건가?!

아까 그 사람이
가지고 가던 그 박스?

맞나…?

맞나…?

빙고…!!

휘릭

땅

팡

사진…!
사진 먼저…!

팡

좋아!!

팡

이대로 클라우드에
파일 먼저 업로드하면…

응…?

됐어!!
건졌어!

이 헤드폰은…
왜 여기 있는 거지…?

팡

치직
치직

스윽

잡음…?

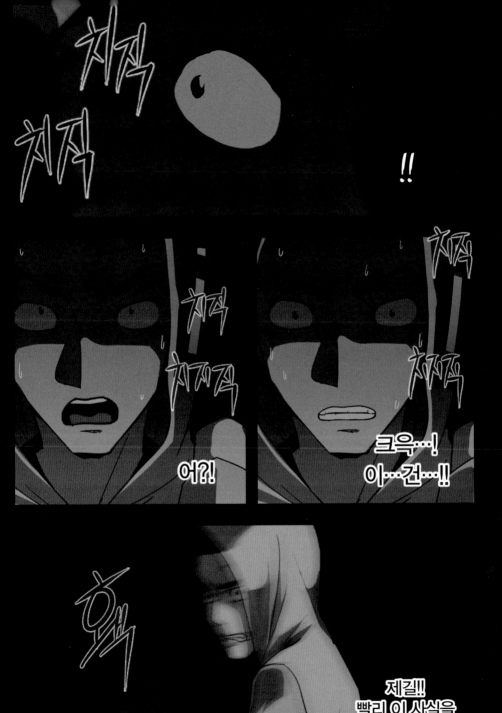

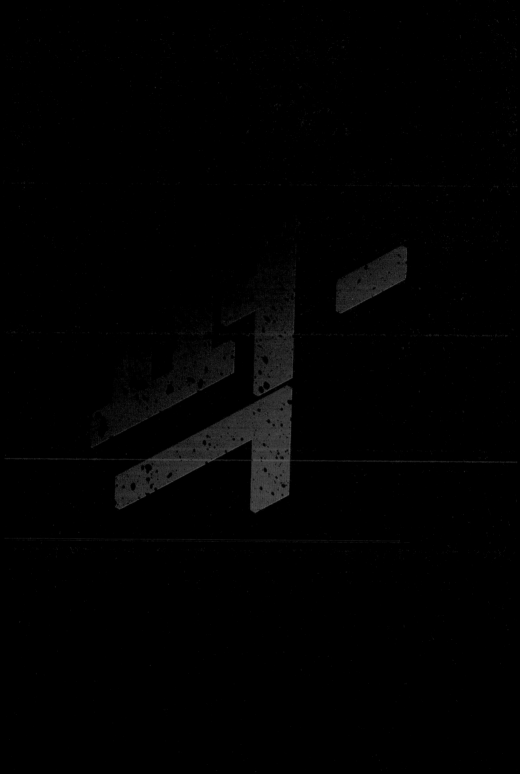

FILE.44

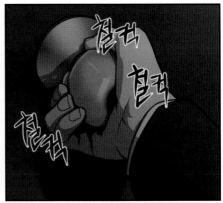

어어?

이 녀석이,
진짜?

대체
어디 간 거야?

작업실에도 없고,
전화도 안 받고
말야…

아무리 양아치라도
이럴 녀석이 아닌데…

아, 여보세요?
사무장님?

두벅

두벅

달칵

혹시 석두 녀석
지금 거기 있나요?

아!
그럼! 마지막으로 본 게
언제셨어요?

싸
아

타

탁

탁
탁

싸
아
타

아뇨…

오늘은
안 왔습니다만…

음…
제 기억으로는…

아마 엊그제였던 것 같네요…
그때 경찰서 갔다 와서는…

경찰?

텅

경찰서는 왜요?

그런데 경찰서에서
뭔가 일이 잘 안 풀렸던
모양이었어요…

빵소니 차량을
찾았다고 했었습니다…

그래서 한바탕 화를 억누르지 못해
저한테 하소연을 늘어놓다가

어떤 연락을 받고
다시 돌아가고는 그 뒤로
지금까지 못 봤습니다만…

잠깐만요! 연락?

어떤 연락인지는
모르시구요?

딸칵

그것까지는 저도 잘…

그럼 사무장님!
부탁 하나만 할게요!

털

부르릉
부르릉

그 석두가 갔다던
경찰서 주소 좀 빨리
찾아 보내주시겠어요?

지금 바로 좀
부탁드려요!

좌아아악

아아~
그때 그 뺑소니 사건 때문에
다녀갔던 사람?

알다마다요~
아 글쎄 얼마나 성질을
부리고 난리를 치던지 원!

하하, 그러셨구나~

정말 죄송하게 됐습니다.
제가 가서 잘 타이르겠습니다.

이야,
그래도 거 이쪽 분은
말씀이 좀 통하네.

내 말이~
그쪽에 현수막 붙이는 게
그래도 제일 빠른 방법이에요.

말씀 정말 감사합니다.

근데 그 녀석이 맡겼던 자료를
다시 보고 싶은데

가지고 계시죠?

아… 그 블랙박스 영상?
그거 파일 지웠나?

찾아봐야
알 것 같은데요?

근데 그거 정말 말도 안 되는 거라
봐도 별로 필요 없으실 텐데…

하하.

그것도 그렇지만
아무래도 녀석을
혼내려면

어떤 말도 안 되는 걸로
우겼는지 알아야
될 것 같아서요.

최동성 형사님?

네,
전화 바꿨습니다.

안녕하세요,
저 강수호 번호삽니다.

아, 안녕하세요~

저기 급해서 그런데 차적 조회
하나만 해주실 수 있나요?

차적… 조회요?
요즘 그게 유행입니까?
다들 왜들 이러지…?

유행?

누가 차적 조회
해달라고…

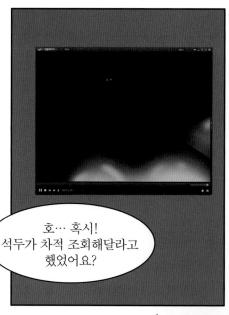

아… 네…

일단 급하다고 해서 해주긴 했는데

호… 혹시! 석두가 차적 조회해달라고 했었어요?

나중에 보니 그 새끼 그거 말도 안 되는 소릴…

그 말도 안 되는 내용! 저도 지금!

막! 되게! 궁금한데!!

알려주실 수 있으세요?!

깜짝

이… 일단 그렇게까지 말하시니… 잠깐만요.

메모해놨던 거 이 근처에 뒀을 건데…

변… 변호사님까지 왜 그러세요?

진짜 단체로 뭐 짜고 그러는 거 아니죠?

차주 이름은요.

터억

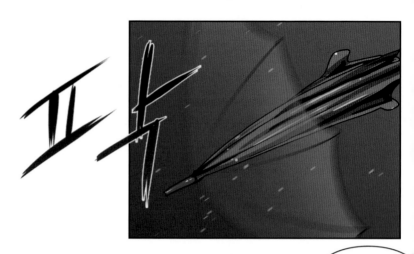

아휴…

무슨 비가 이렇게 많이 쏟아진담…

ㄸ똑

또각

우산 썼는데도 다 젖었네…

레인부츠 신을 걸 그랬나?

탈 탈 탈

척

아냐,

그거 지난번에 신었다가 선배가 공사장 인부냐고…

조금만 더

잘알걸~♪

아휴… 너란 전화는
왜 꼭 한가득 들었을 때만
울리니…

또 누가…

조금~만~
더~

잘할걸
그래왔

앗! 선배다~

따링

여보세요?

안 그래도
저녁 먹자고 연락드리려 했는데
어떻게 딱 전화하셨…

또각

김혜연!
너 지금 어디야?

… 네?

지금 사무실 올라가기 전
엘리베이터 앞인데…요?

부우우웅

좀 전에 내가
메일 하나 보냈거든?

사무실 도착하는 대로
거기 써놓은 거 먼저 조사해서
최대한 빨리 나한테 보내줘.

43

아아…? 네…?

저녁은…? 아니… 그게 아니라…

석두한테 무슨 일이 생긴 것 같아!

또각

도각

또각

또각

무… 무슨 일 있어요? 왜 이렇게 목소리가 다급…하세요?

네에에에에…?! 석두 씨가요?

자세한 설명은 나중에 할 테니 일단 그거 먼저 부탁할게.

알… 알겠어요!! 지금 바로 메일부터 확인할게요!!

명총이

고마워~ 끝나면 연락 줘!

제발…
별일 아니길…!!

됐어, 이제 난 최대한 빨리
석두를 찾는 것만 생각하자.

다행스럽게도

석두가 차적 조회
내용을 바탕으로
할 수 있는 경우의 수는
몇 가지 없다.

먼저 뺑소니 차량임을
확인하기 위한 절차

주변에 있는
차량 정비소에 가서
해당 차량의 수리

그다음, 일반적인 경우라면
확보한 증거를 바탕으로
차주랑 대화를 시도하거나

혹은 기타 점검 내역이
있는지 확인하는 것.

다시 경찰서로 돌아가
신고했겠지.

하지만 지금은
뺑소니범을 잡는 것
자체가 목적이 아닌

살인 사건과 연계된
진범을 찾는 게
직접적인 목적이니깐

실제로 차주를
직접 만나거나 하진
않았을 거야.

그렇다면 살인 사건과의 연결 고리를
찾기 위해 차주의 주소지 주변에
잠복을 했다고 생각해볼 수 있는데…

그럼 딱히 차에서
잠복하는 것 외엔
마땅히 방법이 없을 텐데…

그런데
이 근처에 그럴 만한…

하하, 아뇨.
그런 건 아니고요…

철컥

철컥

제 동생 녀석이 자꾸
공부 안 하고 어디 싸돌아다니는 것 같아
여기서 기다리고 있으려구요.

끼이익

네네, 감사합니다.

딸캉

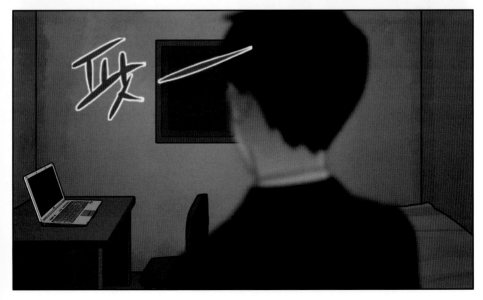

팟一

CCTV랑 석두 노트북…
맞게 찾았다.

역시 석두는 여기서
잠복하고 있었어.

노트북…!

노트북에 분명
뭔가 남아 있을 거야.

엇?!

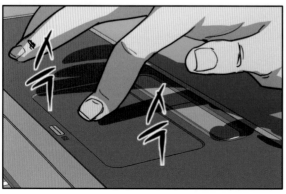

뭔가 업로드
되어 있는데
확인을 안 했다?

50

석두 녀석 저런 건
무조건 클릭하는
성격인데…

타라락

이렇다는 건
아마 석두가 여기서
나간 이후에 업데이트
된 걸로 볼 수 있겠지?

… 중요한 걸지도 몰라.
이걸 먼저 확인…

… 어?!

깜짝

자… 잠깐!!
뭐… 뭐야?!

서… 설마…!!

이건…!!

어… 어째서
도자기가…?

살인 사건 이후
시간이 벌써 많이 흘렀다.

증거인멸을 했어도
남았을 시간인데

파손되긴 했지만
상당히 좋은 상태로 보존되어 있다…

이걸… 어떻게 받아들여야 하지…?

또 뭐 없나?
다른 사진들은…?

이건 뭘
찍어놓은 거야?
헤드폰…?

아앗!!

그런 거라면
지금 중요한 건
이게 아니지…!

CCTV! CCTV로…
석두의 행방을 찾는 게
우선이다!!

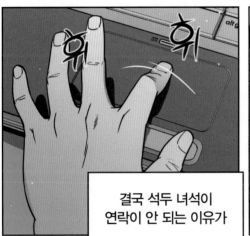

위   휘

결국 석두 녀석이
연락이 안 되는 이유가

탁

이렇게 중요한 증거를
찾은 뒤부터였다는 거잖아!

CCTV에는 분명
단서가 남아 있을 거야!

그 녀석이 지난번에 했던 말로는

움직임이 있을 때마다 시간 순으로 저장되는 프로그램을 쓴다고 했어.

그렇다면 인적이 드문 골목길이라 몇 개만 뒤져봐도 단서를 찾을 수 있을 거야…

이건… 아니고… 이것도…

딸깍

딸깍

딸깍

나와라 제발… 제발…

어?! 있다!!

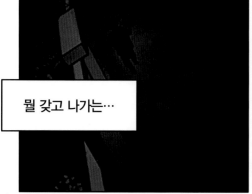

뭘 갖고 나가는…

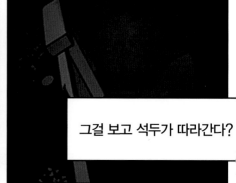

그걸 보고 석두가 따라간다?

이것 가지고는
아무것도 알 수가 없잖아?

뜨으윽

젠장!! 그래서
어디로 갔다는 거야?!

다른 건 뭐 더 없나?

응?

딸깍   딸깍

GPS 수신 내역?!

엇?!

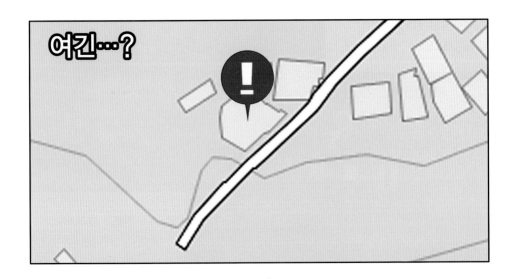

변호사
강수호
법률사무소

하아… 왜… 전활
안 받으시는 거야…?

혹시…
무슨 일 생기신 건
아니겠지?

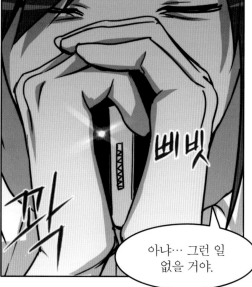

아냐… 그런 일
없을 거야.

딴 일 때문에
못 받는 것뿐일 거…

여보세요?!

선배?!

선배 맞아요?
괜찮으신 거예요?

아…! 다행이다…

메일 보냈다고
연락했는데 전화 안 받으셔서
얼마나 걱정했는지 알아요?!

부우우웅

혜연아, 너 지금 어디서
통화하고 있는 중이야?

네…?

슥

저 지금 사무실, 제 자리에
앉아 있는데요…?

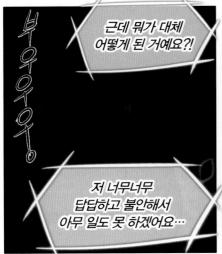

부우우우

근데 뭐가 대체
어떻게 된 거예요?!

저 너무너무
답답하고 불안해서
아무 일도 못 하겠어요…

선배는
지금 어디세요?

예산빌라로
가는 중이야.

휴차

네에에에에?!
예산빌라요?!

부우 아 아앙

거… 거긴 왜 가요?!

61

석두가 뺑소니범을 추적하다가 연락이 두절됐어.

그런데 석두 핸드폰에서 발견된 마지막 GPS 위치가 예산빌라였어.

저… 정말요?!

그럼… 선배가 가시는 것도 위험한 것 아니에요?!

맞아, 위험하겠지. 하지만 석두와 형석이를 모두 구하려면 내가 가는 수밖에 없어.

그러지 말고 경찰에 신고해서 같이 가요!

뺑소니범이 경찰이야.

경찰이 필요한 건
사실이지만

부우우우

지금 일반적인 신고를 했다간
다 잡은 기회만 날리게 될 거야.

그래서 말인데
부탁을 좀 해야 할 것 같아.

이 형사를 들이
받은 뺑소니범이자
살인 사건의 진범은

우리가 예전에 이 형사를
찾으러 갔을 때 만났던

지금부터
내가 하는 말
잘 들어.

63

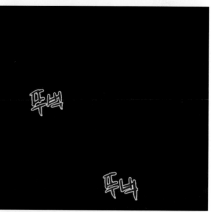

아이야.

너가 그토록 믿는
형님이 여기
거의 다왔덴다.

이제 너 혼자 외로이
안 있어도 되는거.

너도 기쁘제…?

겨엉츠을… 호…

쩌잘그랑

응?
뭐라는겨?

겨엉츠… 호으…

아아~ 경찰?

그거라면
난 상관없어~

너가 이렇게
마약에 취해 있고
나가 마약반 형산디
뭐가 문제여?

글고 으차피 내 목적은 강수호를
이 먼 곳까지 오게 만드는 게 전부라
오는 걸로도 만족혀.

마중 나가야 쓰겠네.

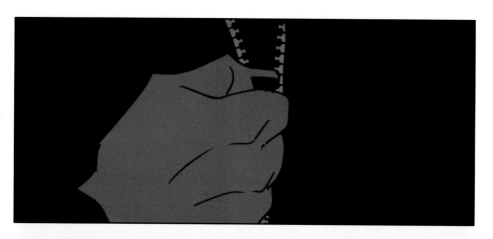

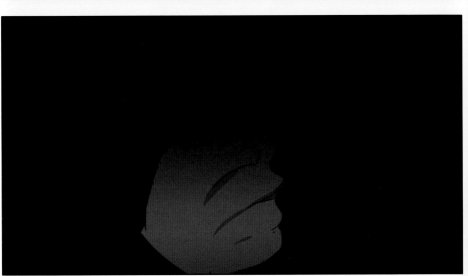

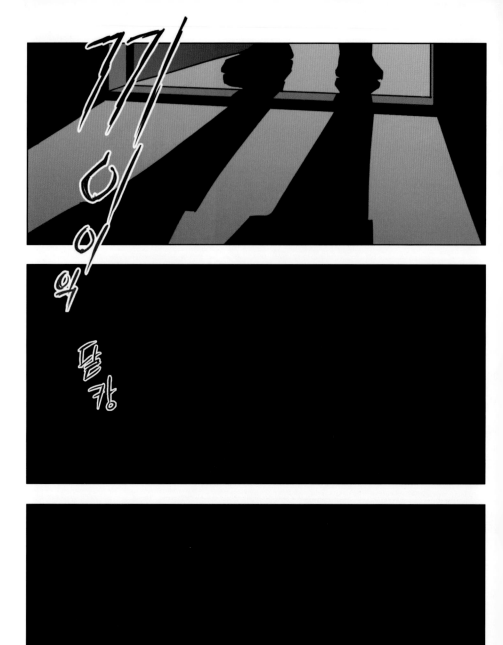

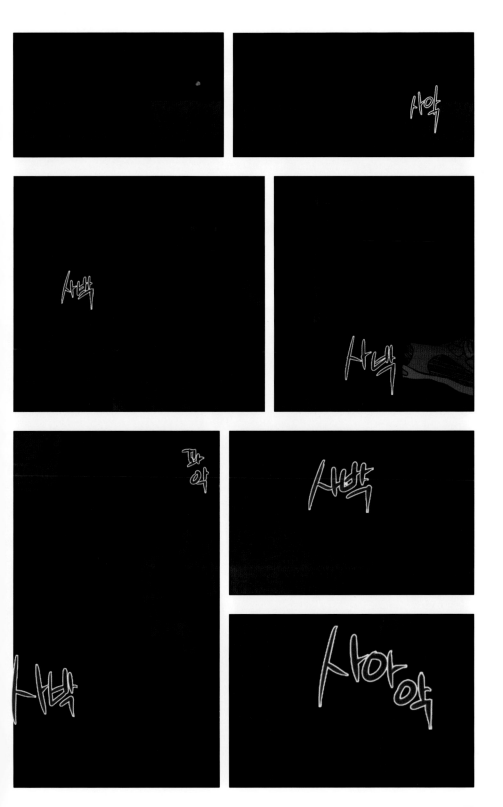

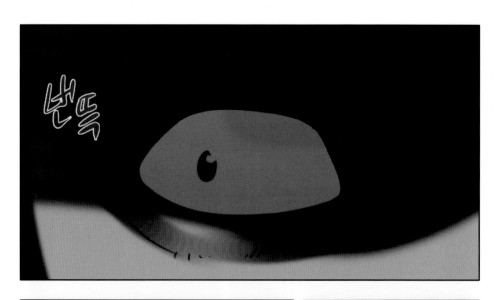

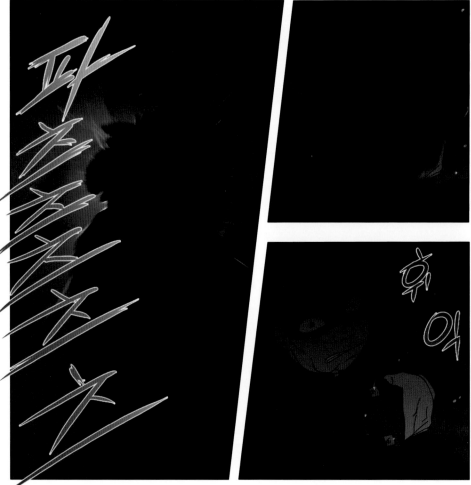

뭐야…
강수호가 아니잖아?

도청 내용으로는 분명
여기 오고 있다고 했었는데?

왜 형사들만 왔지?

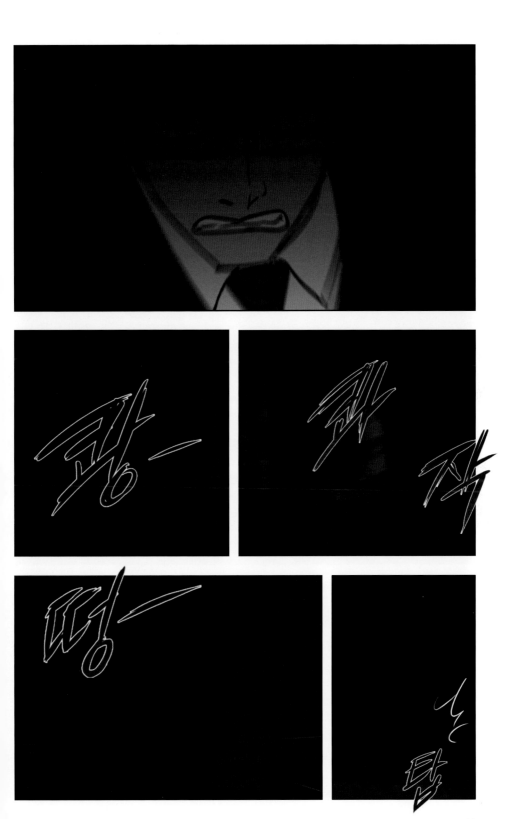

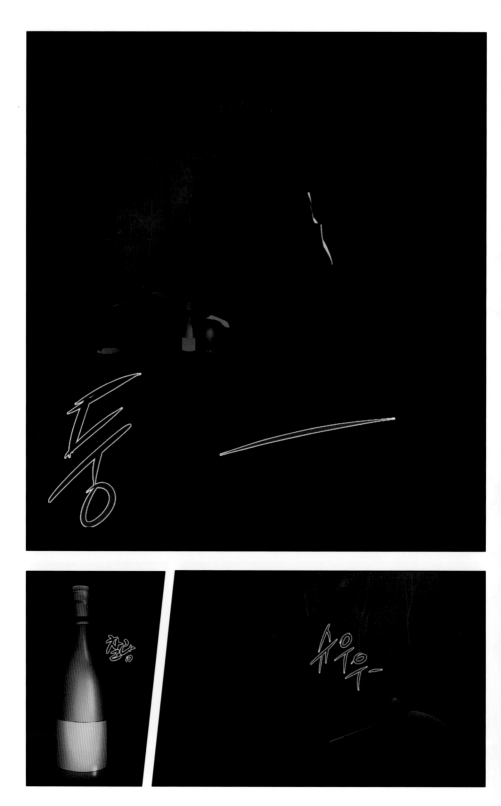

게임은 끝났어!!

이제 포기하시지?!

결국,

여기까지 왔군…

다… 당신은?!

환영하네.

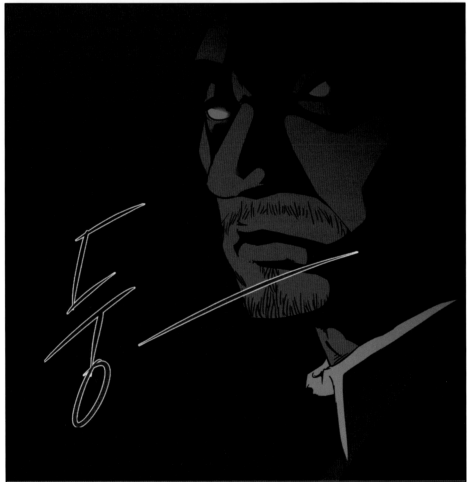

FILE.45

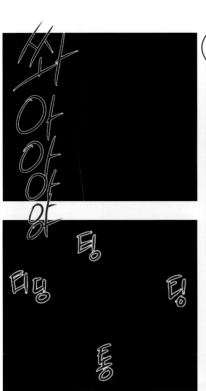

거… 검찰총장…

당신이 이 모든 일을
꾸민 거였습니까?!

…

놀라는 걸 보니…
정확히 나인지는
몰랐나 보군그래?

석두…!!

석두는 지금
어디 있습니까?!

여기 왔던
사람이라면 걱정 말게…
예산빌라에서 잘 쉬고
있는 중이니까.

음칫

슥

하… 이런 상황에서…
굉장히 차분하시네요…?

믿는 구석이라도
있으신가 보죠?

… 믿는 구석이라…

뭐… 이제 와서
흥분한다고 바뀔 것은
없잖은가?

자네는 어째서
여기 온 겐가?

예산빌라에
가는 것 아니었나?

냉글

그보다 내가
궁금한 것은

둥

자네는 이번 사건에 대해
궁금한 점이 많을 거라
생각되는데.

자네가
내 질문에 답하면

나도 자네가
궁금해하는 것에 대해
답변을 하지.

만약 자네가
나를 의뢰인으로서
끝까지 믿어준다면…

여기서 무사히 두 발로
걸어 나갈 수 있을 거네.

내가 범인이라고 뒷받침해줄 만한 게 뭐 하나라도 있나?

흠칫

길게 생각할 것도 없네.

땅一

이건 내가 자네가 여기까지 헤치고 온 것에 대한

마지막 보상이자 기회를 주는 거라네.

마지막으로 묻겠네. 내 제안에 응하겠나?

둥

뭐… 좋습니다.

하…
과연…

하지만 제 의뢰인을
자처하시겠다면

모든 진실을
솔직히 말씀하셔야
하는 것.

그거 하난 반드시
지켜야 합니다.
아시겠습니까?

제 정보원인 석두가
연락이 뚝 끊겨
조사하다 보니

녀석이 어젯밤,
뺑소니범을 찾아 감시하고 있다가
따라나선 것을 마지막으로

흔적이 뚝 끊긴 것을
알아차렸습니다.

그런데 석두 녀석 컴퓨터엔
어젯밤 시각으로
몇 가지 파일들이 새롭게
업로드되어 있더군요.

석두님　　내정보 🔒

me ▸ ┃ 메일 0 ┃ 쪽지 0

P
스트　　N 드라이브 ⑦　　오피스　　캘린더
31

.데이

스피　　　　　　　코스닥

929.73 ▲0.48　　548.2 ▲4.1

그것은 살인 사건과
관련된 것으로 보이는
증거 사진들과

자신의 위치 정보를 전송한
GPS 기록이었습니다.

그중에서도
어젯밤에 처음 찍힌 GPS는

형석이가 예전에 살던 집이자…
매형이 자살해서 폐가가 된 여기…

그리고 마지막 GPS 기록은
예산빌라였습니다.

그런데 자네는 어째서
마지막 장소가 아닌
이곳으로 온 거지?

자네 친구가…

…

혼신의 힘을 다해
자신의 위치를 알렸다는
생각이 안 들었나?

도청 장치
때문이었습니다.

석두가
업로드한 사진 중에는

도청 장치의 사진도
포함되어 있었는데

그걸 본 순간 뺑소니범이
이 형사와 제가 만나는 장소 길목에
기다리고 있었던 게 딱 떠오르더군요.

생각이 거기에 미치자
제가 석두를 추적하기
시작했을 무렵에 남겨진

예산빌라의 GPS 기록에
의심이 들기 시작했습니다.

도청으로 석두를
찾는 중이라는 것을
알아낸 후,

시선을 돌리기 위해 일부러
예산빌라의 GPS 기록을
노출시킨 것이라면?

그래서 살인 사건의 초동수사를 맡았던 김구영 반장에게 전화를 걸어

다급한 목소리로 이렇게 말했습니다.

예산빌라에서 살인 사건과 관련된 숨겨진 증거가 발견됐는데

반장님이 지금 빨리 좀 가서 확인 좀 해주실 수 있겠습니까?

흠칫

제가 먼저 도착하면 날조할 수도 있으니까요!

크하하하하!

턱

이거 한 방 먹었구먼.

함정을 파놨다고 생각되는 곳은 예산빌라였으니까…

그쪽으로 반장이 간다면 강변이 직접 가는 위험부담을 더는 동시에

자기가 맡았던 살인 사건이니 증거보전도 알아서 잘 해줄 거라 생각했던 거였군.

폐가

또한 제가 여기로 와서 허탕을 치더라도

예산빌라

상대적으로 먼 곳으로 간 김구영 반장 쪽과 빠르게 합류가 가능하기에

혹시 모를 헛짓거리도 막을 수 있다는 판단에서였죠.

그렇다면 도청한 내용 중
예산빌라로 간다고 한 것은…

고의적으로 한
거짓말이었습니다.

도청기가 정확히
어디 있는지는 모르겠지만
뺑소니 사고 전

이 형사와의 통화 내용을
말했던 장소가 제 사무실
회의석 쪽이란 점으로 미뤄봤을 때

회의석 앞쪽인
혜연이 자리에서
거짓 정보를 흘린다면

네…? 저 지금
사무실, 제 자리에
앉아 있는데요…?

부우우웅

혜연아, 너 지금 어디서
통화하고 있는 중이야?

충분히 속일 수 있을 거라
생각했습니다.

큭큭.
자네가 맞았네.

달캉

기억이 날지는
모르겠지만

변호사
강수호
법률사무소

자네가 처음 살인 사건 의뢰를 받았을 때
사무실에 찾아온 사람이 하나 있을 거야.

사실 그 사람은
마 형사가 아는 범죄자로

그때 자네에게 상담 받을 때
회의석 테이블 아래 쪽에
도청기를 설치했었지.

105

아… 기억나네요.
어쩐지 수상하다
했더니만…

으득

마지막으로
한 가지만
더 묻겠네.

쭈룩

자네는

쭈룩

쿠당

파

캉

이 사건의
어디까지 알아냈나?

이제 와서
그게 왜 궁금하신 거죠?

그냥…

채점하기 전에
자네 답안지를 먼저
보고 싶은 것뿐일세.

좋습니다.

하지만 이 얘기가 끝나면
약속은 꼭 지키셨으면
좋겠네요.

살인 사건 당시 범인은
조금 복잡한 방법으로
택배를 보냈더라구요?

덕분에 몇 가지 사실을
더 추리할 수 있었는데요.

바로 공범 중 한명이
신부님이 개명한 사실과
봉사 시간, 그리고 봉사 장소를
알고 있었다는 것.

특히나 개명한 사실은 신자들이나 신부님 본인이
아무렇게나 떠들고 다니지 않았을 가능성이 크니까

범인은 신부님과
아는 사이이거나

예산성당에 다녀
이런저런 사실까지 알고 있는
꽤 독실한 신도임에
분명했습니다.

그래서 뺑소니범이
마봉필 형사라는 걸
알게 된 시점에
혜연이가 확인한 결과

마 형사가 1년 전까지
예산성당에 다닌 독실한
신자였음을 알게 됐습니다.

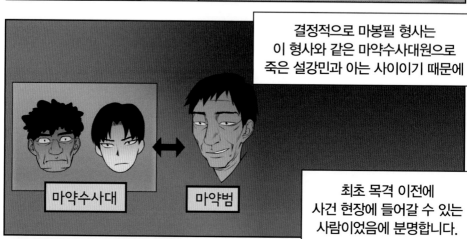

결정적으로 마봉필 형사는
이 형사와 같은 마약수사대원으로
죽은 설강민과 아는 사이이기 때문에

마약수사대

마약범

최초 목격 이전에
사건 현장에 들어갈 수 있는
사람이었음에 분명합니다.

이는 곧 마봉필 형사가
진범일 가능성이
높단 이야기가 되죠.

당신 아들이기
때문이죠!!

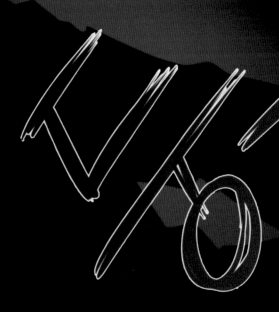

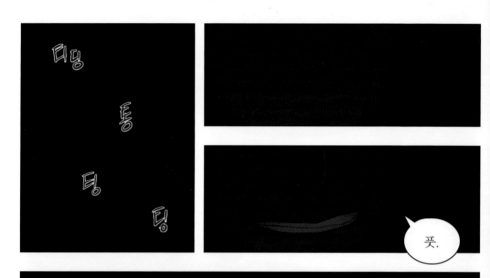

이 이야기는

설강민이
살해당하기

일주일 전의
이야기라네.

FILE.46

날 경찰에 신고하게.

… 네에?!

만약 자네가 신고해서
내가 잡혀간다면…

… 당당히 죄의 판결을
받을 용의가 있네.

그…
그기 무슨…!!

아니…
그… 그라믄…?

… 어… 어떻게 된 건지…!!
자초지종이라도
들을 수 없겠심꺼?

이거시 와 이리 된 건지?!
그런 이유만이라도…!!

미안하네…

지금 내가 해줄 수 있는
말은 아무것도 없네.

지… 지검장님이 여짝으루
절… 부른 거이가…

경찰에 신고해불라고 그란 거는…
아닌 것 같습니다.

아마도 이 상황에서
뭔가… 저에게…

도움을 구하기 위해
부르신 거라면

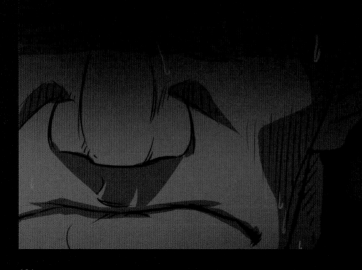

신고하지 않겠습니다!

둥—

… 전…
저는…!

지검장님 때문에
다시 살아난 적이 있었고…

여태껏
지검장님을 존경하며
형사까지 됐습니다.

따르겠습니다.

푹
욱

그럼… 이제
어떻게 하실 겁니까…?

집주인 돌아오기 전에
모조리 처리해야 할 껀디 말임다.

제가 가져온 차에
증거랑 시체 싣고 가서
처리하는 게 좋지
않겠습니까?

아니…

시체는 밖으로
가져 나가지 않을 거네.

그… 그기 무신
말씀이십니까?

그럼 위험헌디 께속
여 둘 생각이신 거임까?

자네가 오기 전에
계획을 하나 세웠네.

나는
이 살인 사건을

감추는 게 아니라

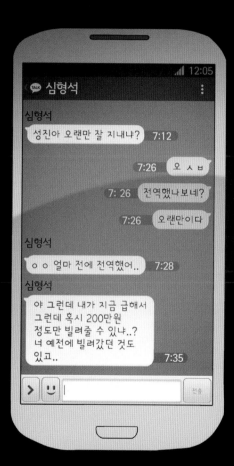

덮을 생각이라네.

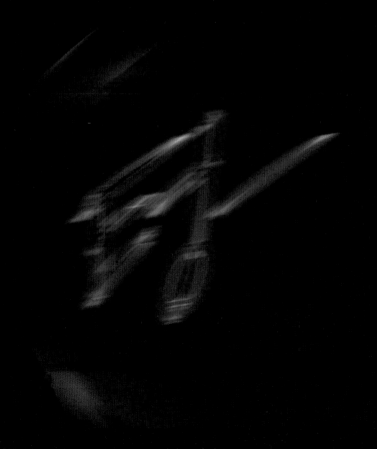

4시 전까지 시체를 처리하고
사인을 파악할 수 있는 시체 일부는

내가 가지고 나갈 걸세.

자네는 여기까지만
나를 도와주고

나가는 대로
자네가 아는 범죄자 놈 중

경찰이랑 거래를 좀
해본 녀석을 찾아서
오늘 저녁까지 보내주게.

빙글

신종 마약 임상테스트 후
거래를 틀 예정인데

스윽

시체가 하나 있어서
믿고 관리할 사람이
필요하다고 운을 떼고,

아르바이트생에게 살인 누명을
씌울 거라는 정보라든지,

비상 상황이 발생했을 때
지 한 몸 빼낼 수 있는
방책이라든지

마지막으로…

쇠사슬과 자물쇠인데

면접이 끝나는 대로
감독관에게 이걸로 냉동실을
봉인하라고 하게나.

아르바이트를 하는 동안 심형석이가
시체가 들어 있는 걸 알아차리지 못하게
완벽히 차단해야 하니깐.

하지만…!
그… 그렇게 되믄
너무 티가 마이 날턴디…

물론… 처음에야
당연히 의심하겠지.

막상 아르바이트를
시작하러 오믄
의심하지 않겠심까?

하지만 인간이란 게
원래 그래.

139

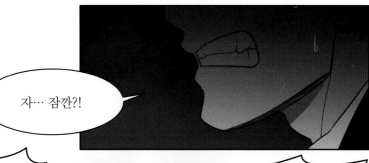

자… 잠깐?!

그럼 단추!!

흐하하하하!!

단추는 대체 뭡니까?!

그건 자네가 날조한 증거 아닌가?

웃기지 마십쇼!!

처음 시체를 처리하러 갔을 때 혹시 몰라 박성진 군의 피를 채취해뒀었네.

박성진의 피가 묻을 수 있는 시간은 사체를 냉동실에 얼리기 전밖에 없습니다!!

제가 무슨 수로 날조를 한단 말입니까?!

쾅

흠칫

날이 밝자마자
박성진 군의 방에 있던
코트를 기억해서

같은 걸로
하나 더 샀고,

코트에서 단추를
뜯어내 실밥을 떼고

채취해놨던
박성진 군의 피를 뿌려
먼저 응고시켰지.

그리고 마침 그때가
검사들 대상으로 건강검진이
진행 중인 때였는데,

나도 건강검진을 핑계로
병원에 갔다가

몰래 다른 검사의
혈액 샘플 하나를 슬쩍했다네.

그걸 다시 단추에 떨어트려

날조 단추를
완성한 거지.

철컥

그건…
무슨 목적으로
하신 겁니까…?

목적은 명확하네.

그 단추는
진실에 다가서려는 이에게
혼돈과 착오를
불러일으키고.

깜짝

잘못된 결과를
만들어내기 위해
날조한 증거라네.

따라서 제대로
함정으로
기능을 하려면

실패할 확률을 감수하고
신부님의 옛날 이름에

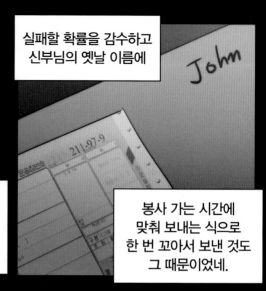

검찰 손에 들어가지
않고 있어야 나중에
히든카드로 사용이
가능했을 테지.

봉사 가는 시간에
맞춰 보내는 식으로
한 번 꼬아서 보낸 것도
그 때문이었네.

다행히 계획이 성공해서
신부님이 택배를
받을 수 있었고,

바로 당일
마 형사가 예산성당에 찾아가
고해성사를 했지.

신부님… 오늘 택배
하나 받으셨죠?

경찰이 오면
절대 주지 마시고,
거 꼬옥 간직하고 계시다
변호사에게 주십쇼.

여러 사람의 목숨이
그거 하나에 달려 있으니
제발 부탁드립니다…

145

하고 말이네.

하…

하하… 큭큭큭.

어쩐지…

신부님이 거짓말을
하는 기색은 없다 싶었는데…

이제야
뭐가 어떻게 된 건지
알 것 같네요.

당신이 직접
검사의 피를 구해
날조 단추를 만들었다면

가지고 나온 혈액에
해당되는 검사를
이번 사건에
배정할 수 있었겠지요?

그러면 택배가 반송이 돼도
별문제가 없었겠네요.

자신의 피가 묻어 있는
단추를 본다면
증거로 쓰거나 할
가능성도 낮고

이상하게는 생각하겠지만
자신의 실수로 묻었다고
착각하게 될 가능성이 크니까.

도청으로 자네가
단추를 찾았다는
사실을 듣고

훌륭하군.
덧붙이자면 정 검사가
진짜 단추를 찾은 건

내가 증거보관실에
몰래 넣어놓은 이후라네.

147

하… 큭큭큭.
좋아, 뭐…

여기 뭐라도
타셨습니까?

마시기 싫음
말게.

좋네요 .

그럼 이제
나머지 이야기를
들어볼까요?

범행 당일의
이야기 말입니다.

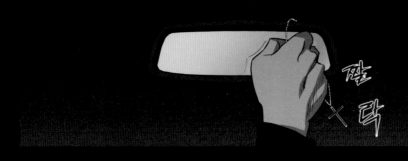

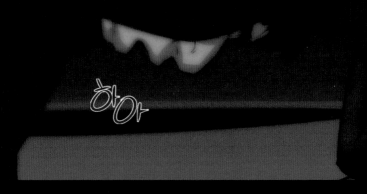

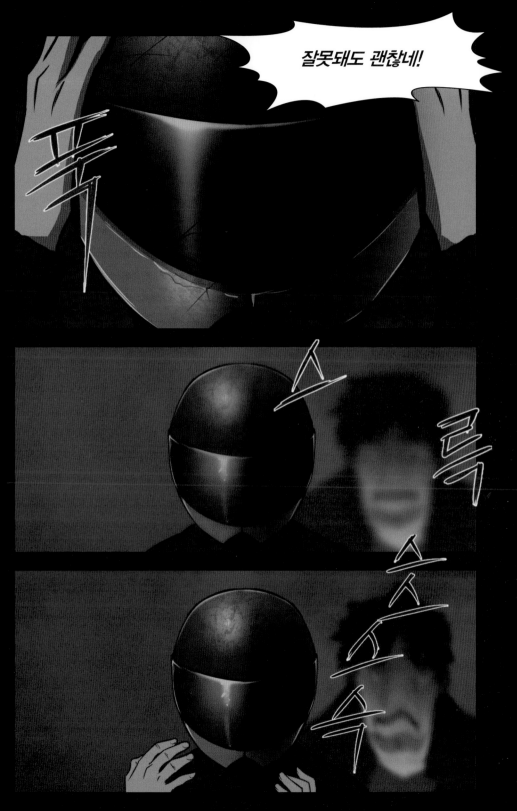

내가 시작한 일이니

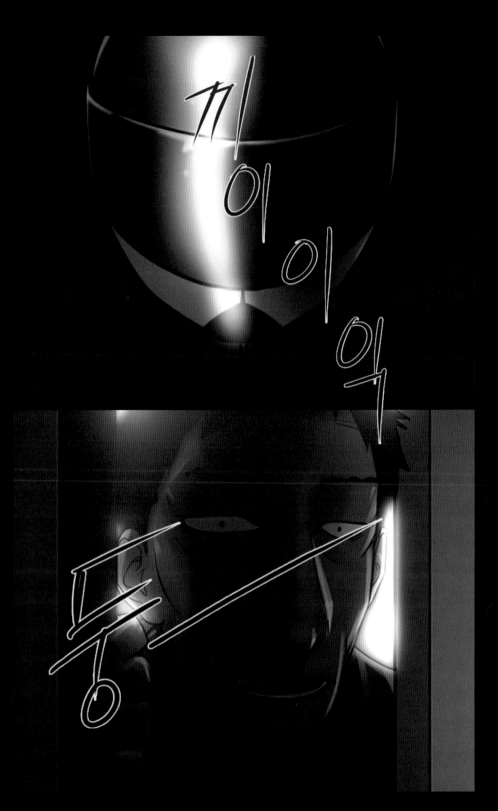

내가 마무리 짓겠네.

이야~
시간은 정말 칼이네
칼이여.

잘 왔수다.

택배는
계획대로 보냈고,
이제 마무리하고
철수만 하면 돼.

뚜벅

뚜벅

뚜벅

털컹

뚜벅

근데 말야.
이거 설계 정말
죽이더만~

당신이 했나?

마 형사 대가리에서
이런 게 나왔을 린
없는데 말야.

뚜벅

처음 약 먹고 저렇게
가라앉기 전엔 좀 흥분했었거든.

다시 빼앗으려 했는데
워낙 사납게 대들어서
잠깐 냅둘 수밖에 없었어…

부름

그런데 녀석이
셀카를 찍고는
휴대폰은 나한테 순순히
주더라구?

…

사실 그때 지우려 했는데
이 녀석이 계속 흥분 상태라

핸드폰으로
이 아이가 다른 짓을
하지는…?

사진 찍은 거 말고는
절대 없으니 걱정 마.

괜히 자극 주지 말고
조금 있다가 지우자 한 게
여태 까먹은 거였어.

뚜벅

뚜벅

그 전까지는
배터리 분리해서 내가 확실하게
보관하고 있었고,

165

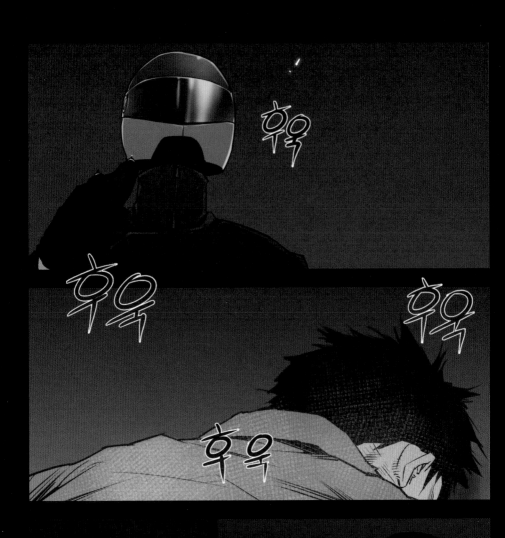

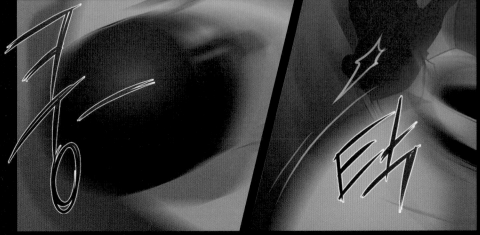

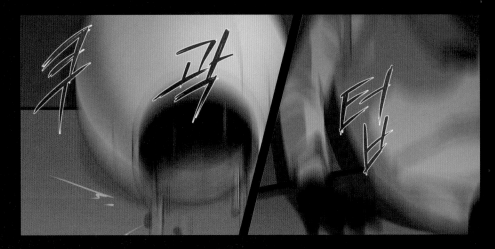

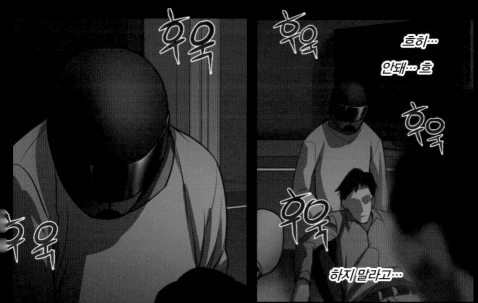

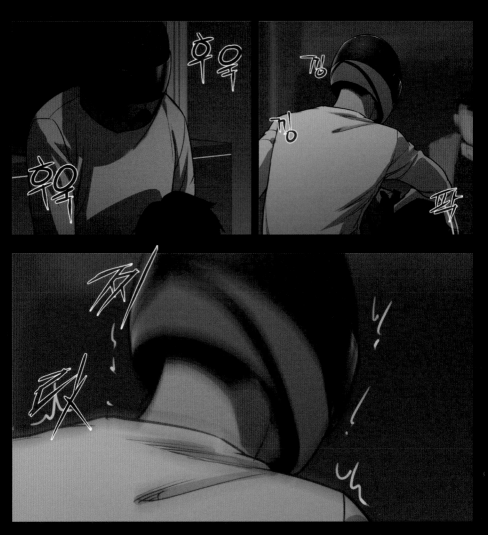
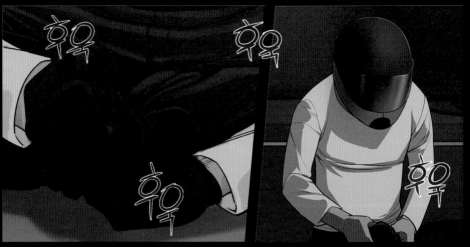

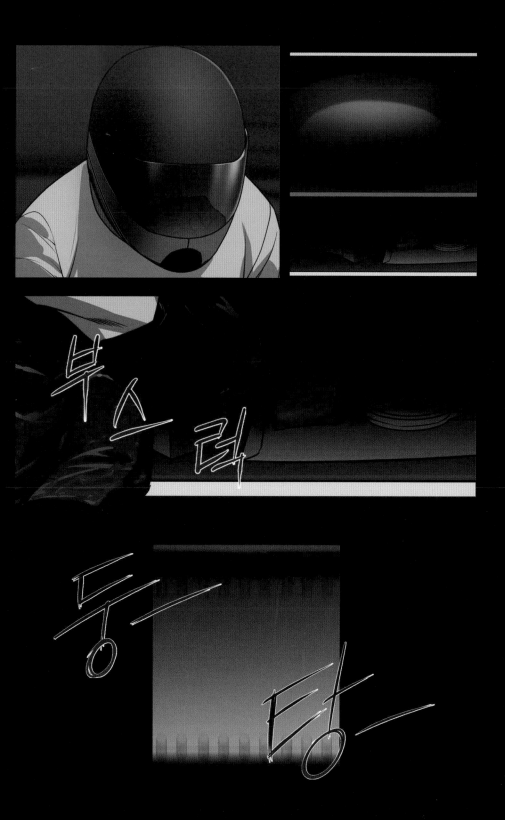

부스럭

둥

탁

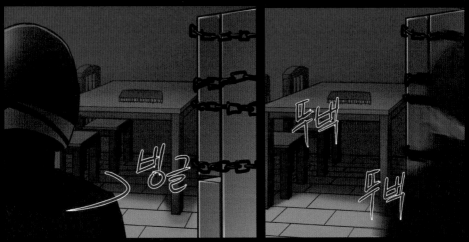

부우우웅

바아아아아 아 아

어이구 어이구
저, 저, 쎙날라리 같은!
신속배달은 무슨~
저러다 자빠지지.

어디서 내려드릴까요?

아!
삼거리에서 좌회전해서
좀 더 가다 보면 아파트
하나 나올 거예요~

흔들

흔들

이게 사건 당일
있었던 일이라네.

잠깐,

그렇다면 이 형사는
왜 최초 목격자에게
마 형사의 신분증을
보여준 거죠?

이찬석 형사의 역할이
비리 장부만 빼내오는 게
전부였다면

굳이
마 형사를 드러낼 필요는
없었을 텐데요.

이 형사가 마 형사의
신분증을 사용한 건
우리도 몰랐었다네.

예상 밖의
돌발 행동이었는 데다
사용 후 원위치
시켜놨는지라

우리도 자네가
마씨 성의 형사를 찾는다는 걸
도청으로 듣고서야 눈치챘지.

덕분에 당황한 마 형사가
다급하게 날 찾았지.

초… 총장님!!

어떡하지요?!
이 형사가 제 신분증을
도용했다는디…!!

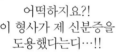

진정하게.

이… 이러다 저 땜에
다 망쳐부리는 거
아입니까…?!

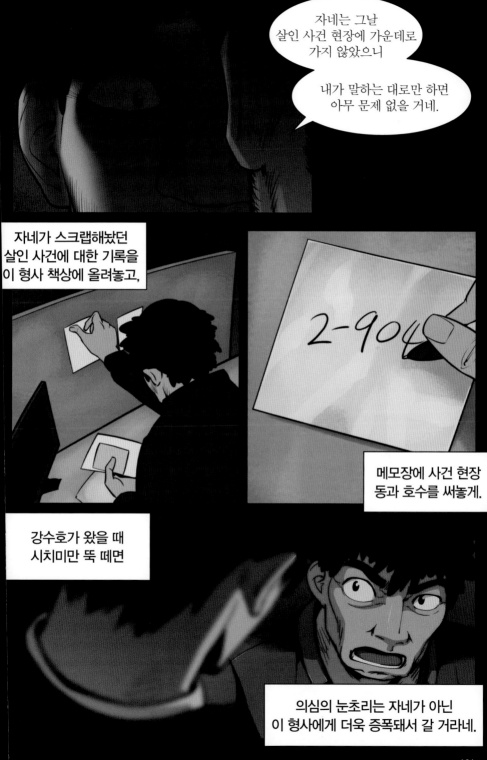

이후 자네는
상황을 주시하고 있다가

이 형사와 강 변호사가
접촉하는지를
확인하고 있어야 해.

그다음 날이 재판이니
만나지 않는 게 제일 좋지만

혹여 만나게 되면
문자로 지령을 보내게.

사건 이후 거액의 돈을 받았으니
청부 살인 등의 의혹을 받을 수 있다,

저들이 찾고 있는 도자기의 일부를 줄 테니
너의 비리가 다 드러나기 전에
위증으로 강 변호사에게 불리한 증언을 해라.

심형석이 유죄판결을 받아야

당신이 살아남을 수 있다.

으득

185

예전에 이미 한 번…

내 아내를 감옥에
넣어봤으니까…

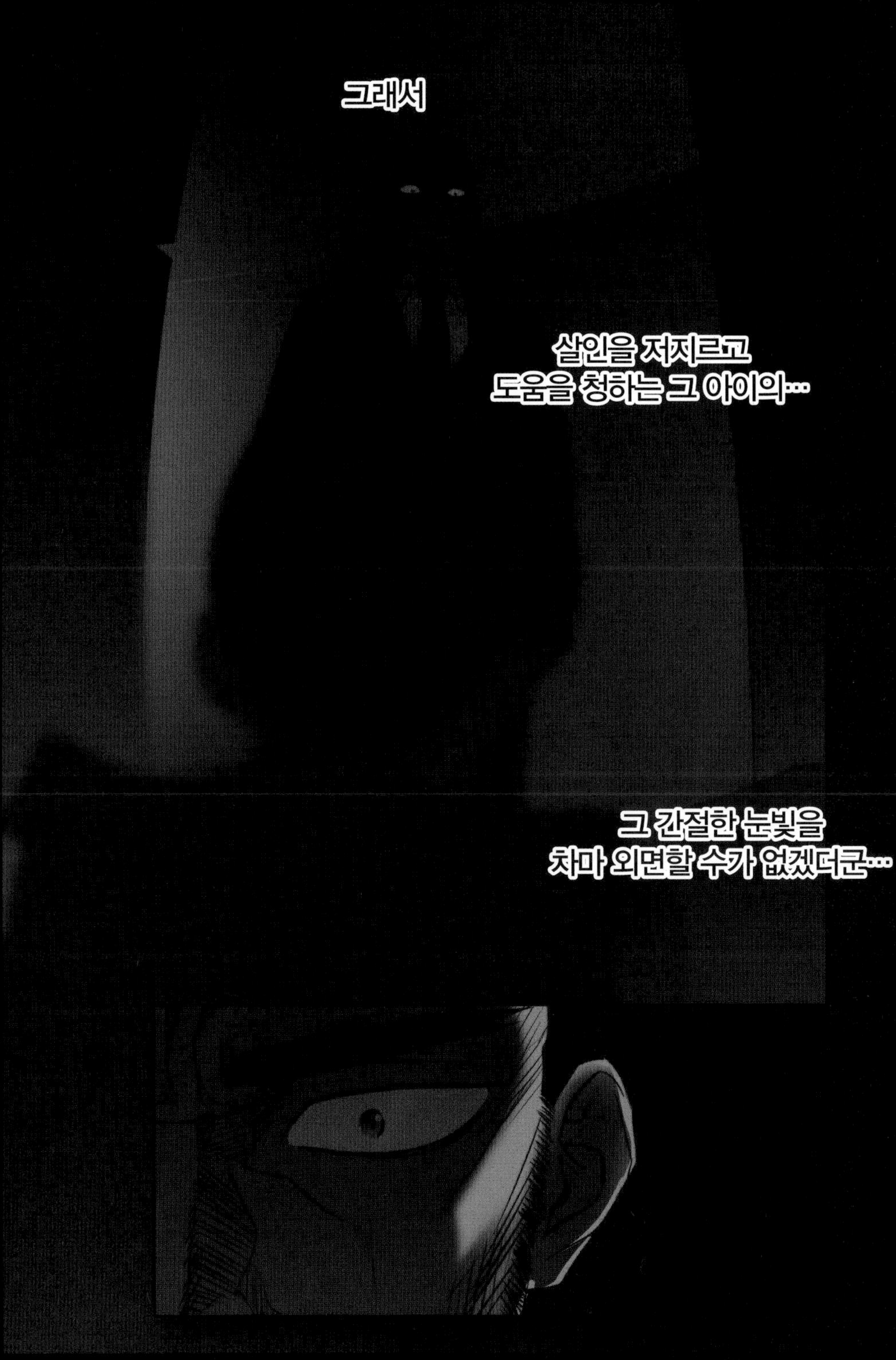

그래서

살인을 저지르고
도움을 청하는 그 아이의…

그 간절한 눈빛을
차마 외면할 수가 없겠더군…

나는 나의
'정의'를 관철시킴으로써

많은 사람들의 존경과
신의를 얻었지만

그럼으로 포기했던 것에 대해서는
아무런 용서도 구하지 못했지.

그렇기에 마지막으로…

고작 그런 것도 변명이라고 하는 겁니까?!

당신이 한 짓은 어쩔 수 없었다는 식으로 포장하면 끝이냔 말입니다?!

허허…

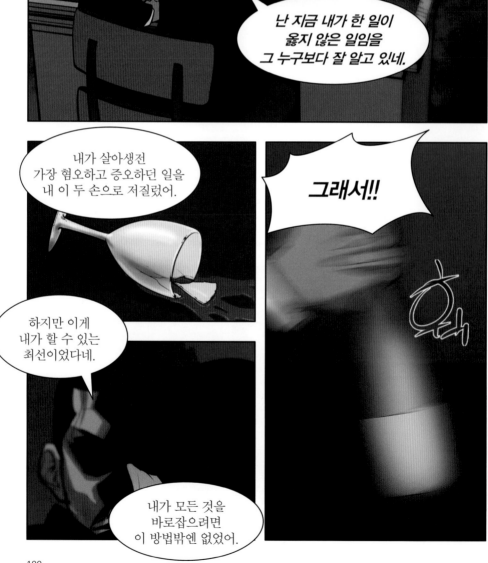

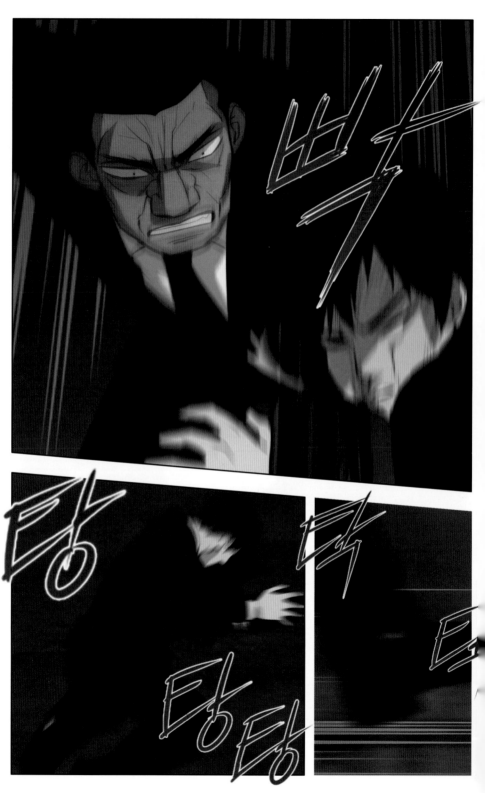

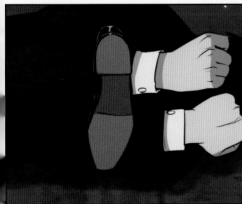

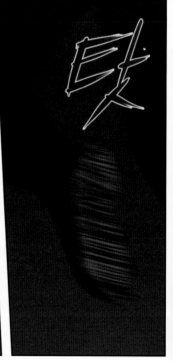

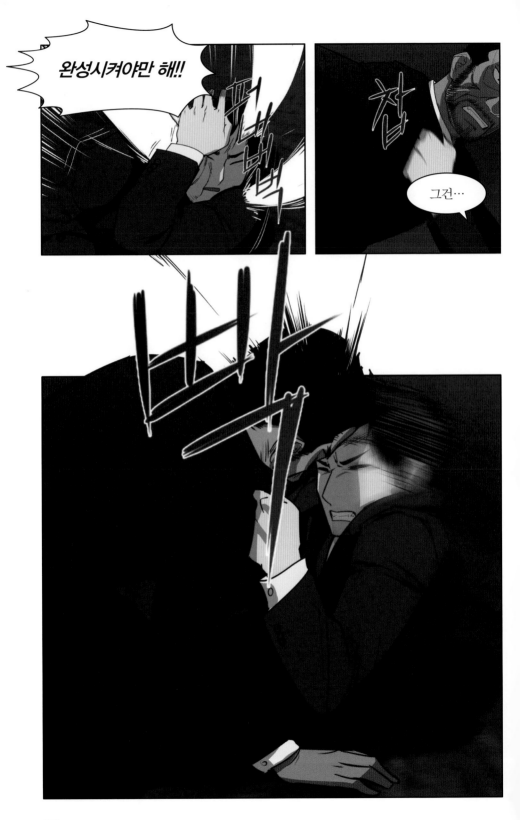

당신 사정이고!!

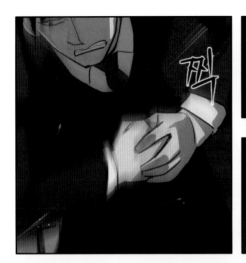

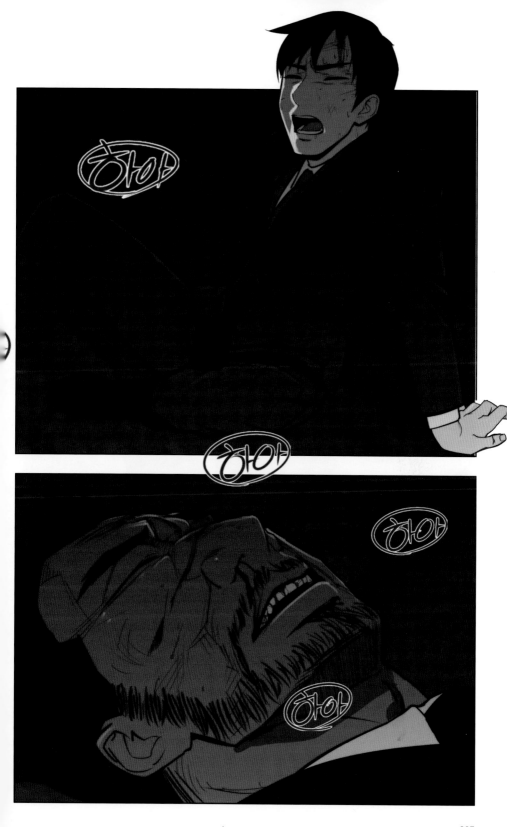

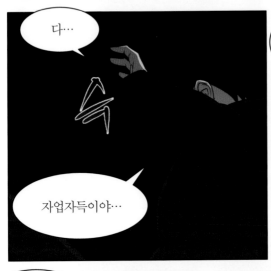

다…

자업자득이야…

지금까지 한 대화는
내 핸드폰에 전부
녹음되고 있었고…

당신은
이제 나락으로
떨어질 일만
남은 거야…

그 전에…

처음 들어왔을 때
책상 아래서
뭔가 하고 있었었지?

이건…!

분명 석두가
사진 찍었던 박스…!

증거들은 여기 두고
마 형사로 시선을
돌리려 했던 거였군…

혈액검사만 해도
결정적인 증거로
쓸 수 있겠어.
나머지 도자기
같은 것들도 그렇고.

일단 이것부터
안전한 곳으로
빼돌리자.

이것만 확보하…

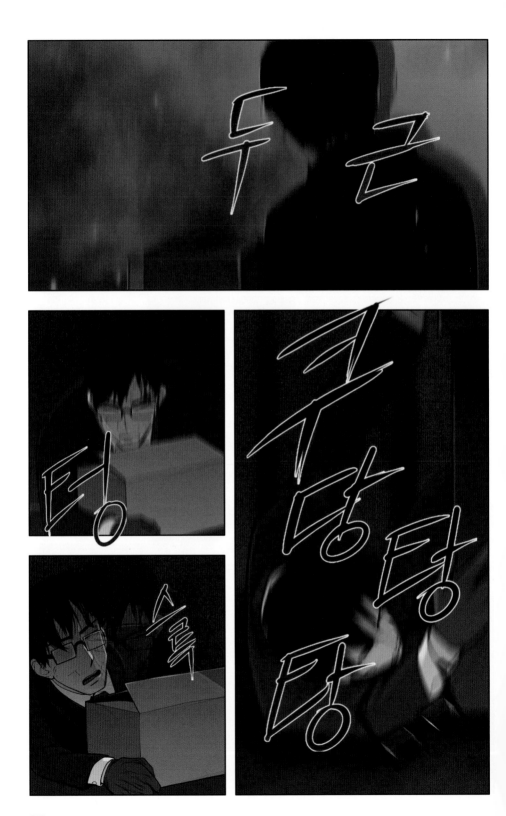

뭐… 뭐지…?!

어… 어째서 몸이…?!

말을 듣질 않는 거지…?!

그래도…

스윽

효과가 없진…

않구먼…

쿵

무…

무…슨 짓을…!!

신경 독의
일종이네.

스윽

근육이 마비되고,
호흡이 조금 곤란해지지만
생명에는 크게 지장이
없을 거야…

시… 신경독…?!

덜

덜

와인에… 약을
탔…었나…?!

덜

와인은 한 모금도
마시지 않았는데…?!

가… 가습기…?!

그… 그럼
와인에는…?!

와인에 넣은 것은
부교감신경 억제제,

해독제라네.

자네가
마시지 않을 거라
예상하고 있었네.

해독제였다고…?!
그… 그렇다면…!!

나를 자네 의뢰인이라
생각하고
질문에 답해주게.

일부러 나와 대화를 유도해
시간을 끈 것도…

자신은 계속 와인을
마셨던 것도… 전부…!

크윽…!!

만약 자네가
나를 의뢰인으로서
끝까지 믿어준다면…

그게…
그 말뜻이…?

여기서 무사히 두 발로
걸어 나갈 수 있을 거네.

전부…
그런 거였어…?!

강 변호사…

자네가 나라면
어떻게 했을까…?

어쩌면

스륵

스르륵

자네라면…

이 일이
전부 끝났을 때…

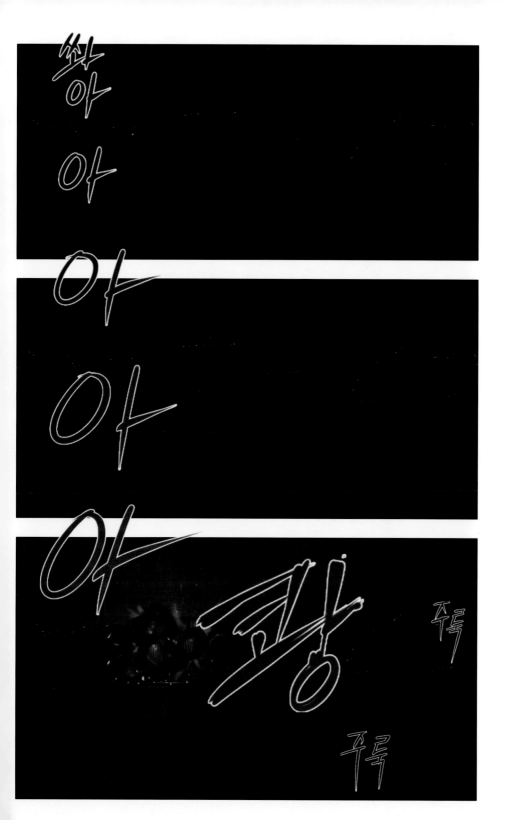

FILE.47

난 그렇게밖에
할 수 없었어…

하지만

첨퍽

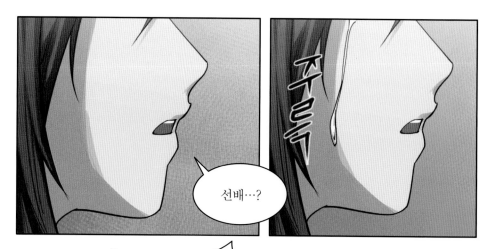

다행이다…!
흐흑…

정말…
다행이야…

흐흑… 진짜 미워요…
정말 어떻게 그렇게
무모하신 거예요!

며칠째 안 깨어나서
내가 얼마나 걱정했는지
알기나 해요?

훌쩍

아…

근데…?
며칠…째라니…?

내가… 얼마 만에
일어난 거지…?

선배 3일 전에
폐가에 화재 진압하러 갔던
구조대원들이 선배 구출했고,

거의
죽기 일보직전 상태로
병원에 실려와서

여태껏 의식이 없다가
지금 일어나신 거예요…

핑

폐가…?!

그… 그래 맞아…!! 녹음!!

혜연아…! 내 핸드폰! 내 핸드폰 지금 어딨어?!

아…?!

선배 소지품 중에 휴대폰은 없었는데요? 다른 곳에 흘린 것 아니었어요?

젠장…!! 지금 이러고 있을 때가 아니야…

가야 해… 지금 당장 검찰총장을 만나러 가야 해!!

이 몸으로 어딜 가신다고 그러는 거예요!!

검찰총장!! 검찰총장이 내 핸드폰을 가져갔어!!

거기에 전부 있단 말야!! 그걸 찾아야 해!!

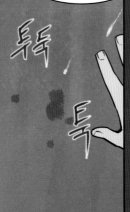

검찰총장 살해 현장인
백태경 회장의 별장에서,

추가적으로
구의동 연쇄살인 사건과
관련한 증거와 냉동 보관된
피해자 사체 일부를
발견했습니다.

태경 측이 부패 경찰들의
약점으로 가지고 있던
증거들로 인해

이들과 결탁한
부패 경찰 3명을
추가로 적발했습니다.

검찰은
태경과 관계를 맺은
부패 경찰들에 의해

구의동 연쇄살인 사건 수사에
조작이 있었음을 확인하고

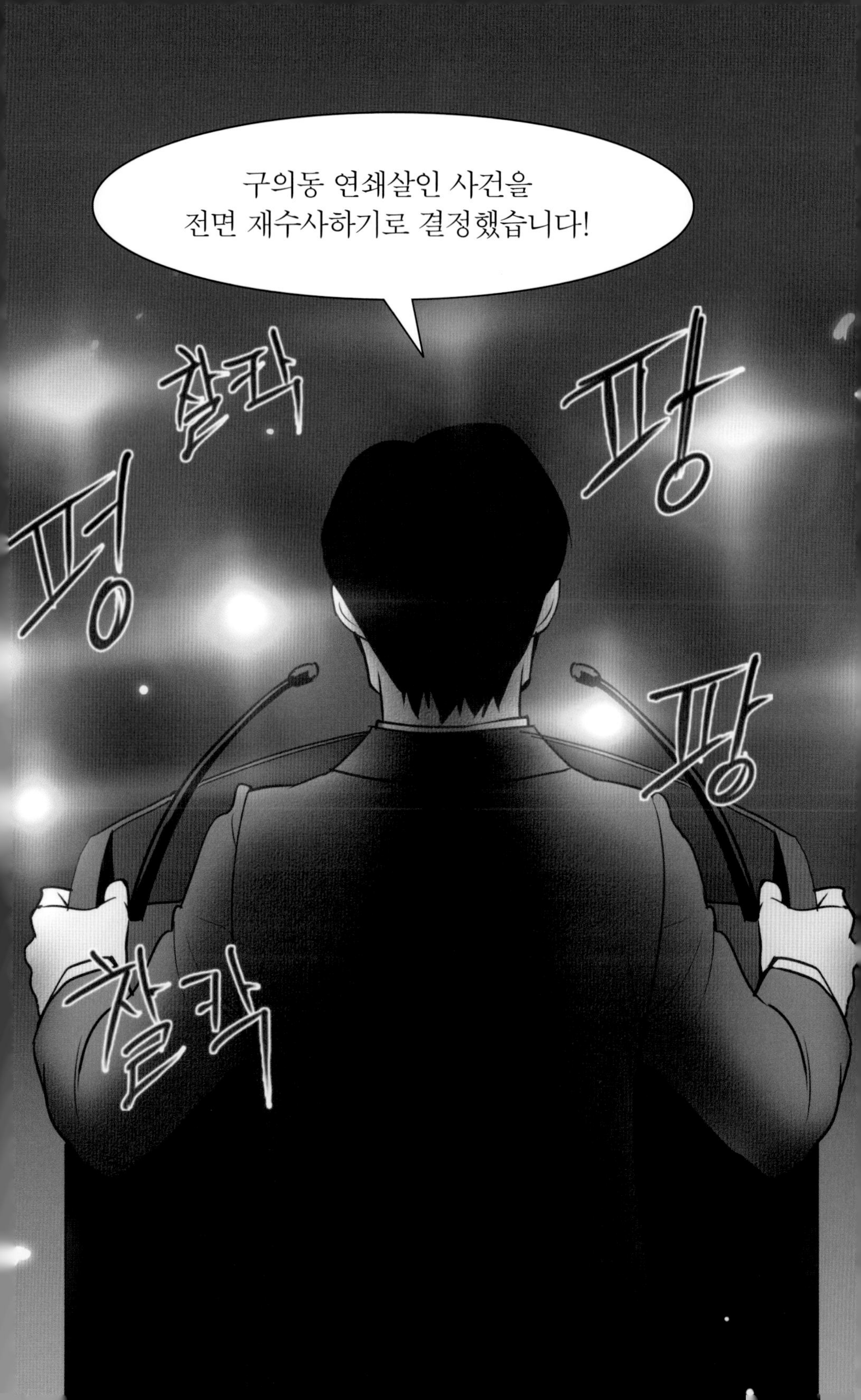
구의동 연쇄살인 사건을
전면 재수사하기로 결정했습니다!
찰칵
펑
팡
팡
찰칵

증거를 인멸할 시간이
충분했음에도 불구하고

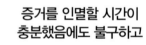
하…

그러지 않았던 이유가…
결국 그런 거였나…?

실제로 자신의 아들에게 죄를 묻는다면
사형이나 무기징역 같은 가혹한 판결 외에는
민심을 달래기 어려웠을 텐데

아내에게 실형 선고를
따낸 당신이 아들에게까지
그럴 순 없었던 거지.

더군다나 검찰 개혁을 위해
어렵게 총장까지 올라온 상황에서
아들의 죄를 인정하면

아들도 잃고,
검찰총장으로서의 책무까지
모두 달성할 수 없어지는
상황이 된 거지.

자신이 전부
뒤집어쓰고 싶었겠지만,
그럴 수도 없었던 상황…

그래서 결국 당신이
선택한 게… 이런 방법이었어…?

자신의 아들을 살리고,

대의를 챙기며,

자신이 죗값을 짊어지는?

납득할 수도 없지만

싱긋

그럼 형석이는?

형석이 재판은
어떻게 된 거야?!

맞춰봐요.
형석이 재판이
어떻게 됐는지.

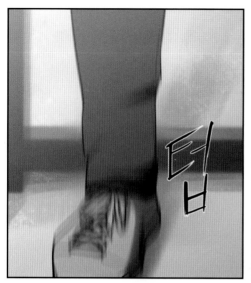

내가
안 했어요

EPILOGUE

응?

앗! 손님!

탈 탈

뚜벅

뚜벅

어서 오세요~!

찾으시는 꽃
있으신가요?

아~!

병문안을
가려 하는데…

옆 병원에 병문안
가시나 봐요?

257

감사합니다~!

히아신스의 꽃말은요.

그리고 이건
서비스 서비스!

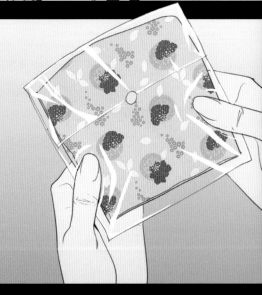

그리스 신화에서
유래된 건데요.

태양신 아폴론이

총애를 하던 히아킨토스와
함께 원반 던지기를 즐기고 있었을 때

평소 히아킨토스를 사랑하던
서풍의 신 제피로스가
그 광경을 보게 됐어요.

질투에 눈이 먼 제피로스는
아폴론이 원반을 던졌을 때

세찬 바람을 불어버렸는데요.

바람 때문에 방향이 바뀐 원반에

히아킨토스는 머리를 맞고
목숨을 잃게 되죠.

그때 히아킨토스의 피로
새빨갛게 물든 대지에서는
핏빛의 꽃이 피어났고,

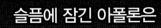

슬픔에 잠긴 아폴론은

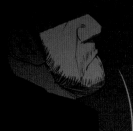

그 피로 글자를 새기며
이렇게 울부짖었어요.

너는 나 때문에
청춘을 빼앗기고
죽어가는구나.

뜻대로 할 수 있다면,
너 대신 내가 죽었으면 좋겠다.

네가 얻은 것은 고통이요,
내가 얻은 것은 죄로다.

그러나 그럴 수 없기에

너를 기억과 노래 속에서
함께 살게 하리라.

내가 안했어요 5

초판 1쇄 인쇄 2017년 5월 24일
초판 1쇄 발행 2017년 6월 7일

지은이 민형 · 김준석
펴낸이 김문식 최민석
디자인 손현주 한은영
편집디자인 투유엔터테인먼트(정연기)

펴낸곳 (주)해피북스투유
출판등록 2016년 12월 12일 제2016-000343호
주 소 서울시 마포구 성지1길 32-36 (합정동)
전 화 02)336-1203
팩 스 02)336-1209

ⓒ 민형 · 김준석, 2017

ISBN 979-11-88200-27-6 (04810)
       979-11-88200-22-1 (세트)